CÍRCULO *Luna Parque*
DE POEMAS *Fósforo*

Abrir a boca da cobra

Sofia Mariutti

7 [O primeiro escorpião era vermelho]
8 [Minha lagarta anda lépida]
9 [Você tem medo à noite]
10 Extinção
11 [Venha, menina]
12 [Estamos na água brincando]
13 [Sei sim ninar uma baleia]
14 [Seu livro novo chegou]
15 [Nem que eu vestisse tudo]
16 [Agora os crocodilos sob as cadeiras]
17 [Abrir a boca da cobra]
18 Vargem Grande
19 [Aprender com o predador]
20 [Um urso pardo se deitou]
21 [Há sempre um bicho]
23 [Quando sentir]
24 [O último escorpião era branco]
25 [A aranha é a dama]
27 [É uma tarântula]
28 [Voltei a ver aquele tanque onde as orcas aparecem]
29 [Bodes e bisões em travessia]
30 [Doze dores depois nos encontramos]
31 [os punhos rangidos]
32 [cavalo escoiceia vaca]
33 [Esta boca não tem mais caninos]
34 [É só uma folha]

35 [Todos apreciam a floração dos ipês]
36 [Costumam aparecer duas semanas]
37 [Pesadelos]
38 [Toda chuva encerra]
39 [Não sei mais onde fica minha casa]
40 [Trouxe uma centrífuga para a salada]
41 [Dois pássaros pretos]
42 [Não há quem esteja aqui]
43 [Ter as formigas por inimigas]
44 [A grama]
45 [Ensinar as trepadeiras]
46 [O museu pegou fogo]
47 [Os livros da infância enfileirados]
48 [Todo poema é um poema de amor]
49 Iguaçu
50 [Esse ano você teve meningite]
51 Agulha
52 [Empoleirada na porteira]
53 [A orca no avião]
54 [O tubarão da Groenlândia]
56 [Um dinossauro não é uma fada]
57 [A faixa de pedestres]
59 [Dois balões]
60 [Dois balões]
61 [E num gigante, cabe?]
62 [Repare onde é mais preto]
63 [Alguma coisa]
64 [Com o carvão preencher]
65 [De um lado cata-vento]
66 [Deitada no ombro]
67 [Com ímãs de geladeira]
68 [Venha, menina]

O primeiro escorpião era vermelho
e me veio depois da febre
numa espécie de parto.

O segundo era preto
ninguém quis matar
lançaram à neve.

Depois foram sete, amarelos
não sei bem como cabiam no apartamento.
Os gatos brincavam com eles
sem medo.

Logo vieram onze de uma vez
todos marrons, debaixo
da cebola no braço do sofá
subindo pelas paredes
entre as roupas.

No fim veio você
enfim você
no seu ritmo.

Minha lagarta anda lépida
escala até o teto
se perde de mim.
Preciso cuidar que minha lagarta
não tombe do teto ou se machuque.

Minha lagarta tem fome e preciso
sempre lembrar de alimentá-la:
rúcula e presunto cru
pra não ficar fraquinha
minha lagarta tem a dieta
baseada no ferro.

Minha lagarta precisa dormir
não posso esquecer
o horário da sua soneca.
Deito-a então nos braços
faço um balancinho
às vezes ela logo desperta
mas o movimento do carro
ajuda a embalá-la de novo.

Você tem medo à noite
e não quer ficar sozinha.
É difícil dormir à noite
sozinha e com medo.

O que devo te dizer
se também eu tenho medo
à noite sozinha e não durmo
ou quando tudo parece muito claro
na companhia dos outros?

O que devo te dizer
se também ele tem medo
à noite sozinho e não dorme?

Em vão tento dar nome
ao nosso medo.

Então te digo eu sei como é
eu também tenho medo
ele também tem medo
é difícil dormir com medo
nada de mal vai te acontecer.

Depois passo a mão nas suas costas
canto pra você dormir
me entrego aos meus pesadelos.

Extinção

Orcas sem dó cabeceiam
entre as marolas do mar.
A vida vai se apagando
e não há comida que baste.

Curiosos carecem de medo.
A imaginação tem boca grande
mandíbulas inclementes
dentes sólidos.

Quem cai na água some.
A mãe que busca se parte
em duas e me faltam braços
pra salvar os meus.

Venha, menina
afunde os olhos neste livro.
É de imagens que a história se faz.

Afunde no sono, no sono e só.
Não te deixo cair na água.
Não deixo.

Estamos na água brincando
com um filhote de orca
mas um filhote de orca
também pode brincando
te abocanhar.
E se ele te abocanha
será que fica
tudo bem?

Por duas vezes consigo
puxar seu corpo da boca
de uma velha orca
banguela.

Estamos no subsolo
a maré subiu tanto
você é tão pequena
pegamos um bonde
por cima das ondas
passamos por pouco
é isso   mãe
que chamam
            natureza?

Sei sim ninar uma baleia
fazê-la boiar nos braços
no rasinho do mar

Seu livro novo chegou
a leitura se dá dentro do mar
em deslizamento

Subimos em ondas até a margem
tocamos o pé na rocha
descemos de volta à água
traçando um desenho costeiro

Do fundo do mar notamos
o contorno de um corpo gigante
flutuar por um segundo fracionado várias vezes
— talvez uma orca ou um submarino

Conversamos sobre essa nossa dança marítima
sobre a natureza daquela aparição

O poema não eram as rochas
as ondas a água não era meu corpo o seu
ou esse dorso pesado passando por cima da gente

Tinha alguma coisa do gesto
dos corpos na água
era um gesto na água

Nem que eu vestisse tudo
o que trago nessa mala
teria roupa pra essa derrota
essa chuva.

Os tubarões já estão nadando na sala outra vez
por quarenta minutos você os filma
em sua dança contra o ar
antes de devolvê-los
à água.

São velozes esguios
nos esbofeteiam com a sombra
de suas barbatanas
ameaçam com abraços mas nada
disso é amor.

Como deve ser cômodo
orbitar aquele velho lugar do lodo
onde as máscaras afundam
e ninguém mais acha.

Imperativo agora é esvaziar
o fôlego do medo
aqui nessa sala, seca.

Agora os crocodilos sob as cadeiras
dessa sala alagada, mordiscando
a roupa através das
frestas das palafitas
mordiscando os braços
será que arrancam?

Não é fácil segurar um crocodilo
no colo de boca fechada
correr com o crocodilo
sem deixar que mostre os dentes
até que reganhe a água
e possa respirar de novo
como um peixe.

Enfim alguém abre o ralo.
A sala esvazia. O rio leva
consigo seus crocodilos.

Abrir a boca da cobra

ver seus dentes
identificá-la

Vargem Grande

Note que as serpentes estão sempre
sempre escondidas em algum buraco
ou tomando o lugar de um galho
que nos olha do chão ou boia no rio.

É raro vê-las assim amarelas
espreguiçadas na copa de uma árvore
à vontade, oferecendo-se à fotografia.

Bobinas e bobinas de lã boa, lã roxa
cheiram como um corpo putrefato
ao relento.

Os sapos martelam das vitórias-régias
anunciando a noite ou um passado.
Quando se calam, é pra deixar os corpos
rasgarem o teto do vale em silêncio.

Os astros inventaram tecnologia melhor
do que os fogos de artifício, mas vai do acaso
vê-los é como completar uma cartela.

O que queremos mesmo é segurar
os olhos dentro dos olhos
e isso é impossível, você vê?

Aprender com o predador

quase toda caça
fracassa

Um urso pardo se deitou
ao pé da minha cama

É certo que, se tivesse
fome, me devoraria

Por ora ele dorme
é próprio dele
o sono de inverno

Então me pergunto:
posso ou não posso
também adormecer?

Há sempre um bicho
entre a veneziana e a guilhotina
tateando as costas
debaixo do travesseiro

Há sempre um bicho
emaranhado no cabelo

Depois do ralo há sempre
um bicho descendo das frinchas
do forro atrás da cama
no chão descalço
sempre há um bicho
imaginado e visto na soleira
da porta

Há sempre um bicho
no sonho no corpo
entre as rochas
de uma cachoeira
em forma de galho
ou folha ou raiz —
a madeira como metamorfose
ou esconderijo

Há sempre um bicho
à espreita sempre um bicho
na minha cabeça

Sempre há um bicho
sempre um bicho
não há bicho
bicho nenhum

Quando sentir
a ideia do bicho
subindo pela perna
não se renda
à ideia do bicho
mexa logo a perna
para espantar
a ideia do bicho

O pijama roça a perna
ou um lençol
o aparelho cai da boca
e repousa coisa
no travesseiro
o próprio pelo arrepiado
pode ser tido
por bicho

Espante logo a ideia do bicho
com um movimento
resoluto
não deixe que a ideia
do bicho te faça
tremer
nem deixe que te paralise

O último escorpião era branco
e erguia suas garras
do chão da cozinha
como as lagostas
de um filme.

Todas as coisas
lembram outras, todas.

Não há nada no mundo
que não encontre eco
ou camuflagem.

A aranha é a dama
no jogo de xadrez:
anda em todas as direções
passeia por todas as casas
do tabuleiro

As casas do tabuleiro
são as várias partes
do meu corpo: as mãos
que se abrem e apoiam
na parede ou se fecham
com força até doer, os pés
cegos que não sabem
onde pisam, o rosto que essa
dama dedilha durante a noite
delicadamente

Impossível prever
aonde vai a rainha
sub-reptícia
— todo gesto seu
pode ser xeque —
aranha pula corre
tece voa some
aprisiona envenena
devora

Aranha, seu ovo
cor de bronze

bota pequenas criaturas em rede
à existência
parecem até inocentes
concentrando um futuro

Aranha, posso ou não posso
te derrubar?

É uma tarântula
esse cacho de bananas
em cima da mesa
de café da manhã.
É uma tarântula.

Debaixo da mesa essa mãe
imensa se enrosca nas mesmas
teias que ainda ontem
tentávamos desmanchar.

Voltei a ver aquele tanque onde as orcas aparecem

Bodes e bisões em travessia
invadem os pastos
filhotes de porco empoleirados
caem das cercas
aos montes

Sou eu a vaca no estábulo
que resiste aos ataques
da jararaca

Sou eu a vaca
que pisa e mata

Sou eu faminta na noite
com fruto para alimentar

Dançamos dançamos ninguém
canta a música e essa coreografia
ainda tenho que aprender

Doze dores depois nos encontramos
as ondas ditam seus humores
e os meus

Estou no limiar
você me desperta
te dou o que posso
não é o bastante

os punhos rangidos
as unhas travadas
os dentes roídos
os ombros cerrados
a fala alongada
a pele que treme
as pernas terríveis
a cama inflamada
os sonhos molhados

cavalo escoiceia vaca
chifra cachorro morde
marimbondo aferroa aranha
pica escorpião golpeia
cobra envenena corvo
bica onça ataca
jacaré decepa tubarão
dilacera orca afoga
elefante pisoteia leão
abocanha hipopótamo persegue

um urso me devora

Esta boca não tem mais caninos
sinto muito, sofro de bruxismo
o medo engoliu meu sorriso

É só uma folha
é só uma folha
não é polvo
e nem arraia

Todos apreciam a floração dos ipês

o que ninguém escuta
é o grito

Costumam aparecer duas semanas
depois da floração, faz calor
e já não saímos de casa entre
o café da manhã e o jantar
passamos o tempo à espera
e quando o dia acaba é hora
de desfrutá-lo, se vivos estão
sempre por baixo das coisas
e se não forem amarelos
dormimos sem pesadelos

Pesadelos
são presentes
que agarro
de manhã:
me mostram
o que jamais
imaginaria

Toda chuva encerra
a ameaça do dilúvio

É severa a seca
que vem antes

Não sei mais onde fica minha casa

aqui crescem melhor os tomateiros
e o vento faz barulho no bambu

Trouxe uma centrífuga para a salada
de que não precisava
agora tenho duas centrífugas

Trouxe um cortador de unhas
repetido que agora preciso
devolver

Vou levar de volta a centrífuga o cortador
e o penhoar da minha avó
que escala para fora da gaveta

Preciso trazer os diários do Kafka
e uma cadeira caso pro almoço
apareça alguma visita

Dois pássaros pretos

me despencam dentro
do chuveiro

se me emaranham
no cabelo

talvez consiga me livrar
mas minha cabeça

seguirá sempre
cheia de penas

Não há quem esteja aqui

O passado é um pasto
que vai além do alcance
e deixa a erva crescer solta

Sou eu a vaca que rumina

Ter as formigas por inimigas

não é um bom negócio
embora seja a minha sina
e a de quem quer plantar uns troços

A grama
dá voltas
na boca
da vaca

À noite
os homens
atritam
os dentes

Ensinar as trepadeiras
a agarrar os galhos
e os homens, a amar

O museu pegou fogo
só não te apaga a memória do corpo

dos livros que se queimaram
quantos sabemos de cor?

Calçaram de pedras portuguesas
a amarelinha e o caracol

do pátio da escola
eram de giz

If we love, we grieve
diz o Nick Cave

só não te apaga
a memória do corpo

Os livros da infância enfileirados
uma fogueira e um teatro

te dou um beijo e você
cospe um caroço dentro da minha boca

Todo poema é um poema de amor

como este

Alguma coisa lhe falta
e ele escava
          faz alarde
mas não acha

A alguma coisa se dedica sem querer
nada em troca
        — quem dera!

Olha muito tempo alguma coisa
                        até que sangrem
as gengivas

De alguma coisa gosta cidades cenográficas
com bandos de figurantes
carros motos
rodopios

É por sede que se escreve
— não é qualquer copo d'água
que mata

Iguaçu

Vistas de longe
de trás da janela
são mudas
— há 150 milhões de anos
já estavam ali

Quando à noite
o sol as abandona
apagam-se satélites
de órbita
abismal
— em 150 milhões de anos
ainda estarão ali?

Enquanto se derramam
sobre os cânions
sobem em nuvens
ao céu
— chorar diante
delas é tão óbvio
e no entanto
eu choro

para a Guga

Esse ano você teve meningite
na cabeça quase morreu
batizou de boi um vira-lata
os livros tombaram da estante
um espelho se quebrou
abalaram-se as faculdades
do seu labirinto o boi
morreu a dor no abdômen
era o apêndice cortaram errado
seu tecido três meses sem tocar
sua namorada que fez a cabeça
no candomblé
a cadela emprestada
chorou sangue era tinta vermelha
cadê a água? O boi morreu.
Esse ano passou cru cruel
sacana eu estava longe.
Esse ano passou — galo de fogo —
e você fica.

Agulha

Uma linha dança
pelo vão do coque
de uma bailarina
que entrelaça e bole

Eis que os pés se erguem
ao céu em prece inversa
e veem o véu das nuvens —
pontiagudo cume

Mas que montanha é essa
de pico impávido
que a todos desafia?

É o ventre de um boi
já vencido, prestes
a ser devorado

Empoleirada na porteira
uma coruja muda
se espelha em duas
das quatro telas das
câmeras de segurança
onde um crime sempre
parece possível

Coruja sentinela, inocente
pressente sua captura
em retrato
abre-se em voo cruza
uma tela de viés
ressurge na outra
até escapar de vez
da gaiola plana

A orca no avião
será que ouve

o canto da orca
ancorada no Atlântico?

A orca no avião
será que canta?

O tubarão da Groenlândia
talvez já estivesse aqui em 1618
junto com Descartes
Galileu e o barroco

Tinha cinco metros de comprimento
um centímetro por ano
a maturidade sexual aos 150

Somniosus microcephalus, dorminhocos
de cabeça pequena e movimentos indolentes
os vertebrados mais longevos da Terra
nadam agora cegos nas águas
geladas do Atlântico Norte

Depois da Segunda Guerra
o fígado fonte de óleo para máquinas
na Islândia uma iguaria que reduz toxinas
em seu estômago já se encontraram
patas de rena cavalo e urso-polar

O tubarão da Groenlândia tinha cerca de 392 anos
com margem de erro de 120 anos
para menos para mais
quando foi capturado sem querer
junto de outros 27 indivíduos da mesma espécie

Era uma fêmea
com lesões letais causadas pela pesca

logo depois da captura
a amostra foi eutanasiada

Os cientistas chegaram a essa idade
datando por radiocarbono sua retina

Um dinossauro não é uma fada
ou uma sereia
os fósseis atestam
seu tempo no mundo.

As abelhas já existiam, e as tartarugas
os besouros, cupins
mosquitos, caranguejos.

Como quando dizemos de uma avó
que se parece com a neta, os dinossauros
às vezes lembram baleias, pelicanos
camelos, bisões, vacas
leões, tuiuiús.

Todas as coisas imitam outras, todas.

— O mundo dos dinossauros
nunca acaba.

para/ com a Mira

A faixa de pedestres
é uma zebra.
Essa tartaruga
tem um cogumelo
em cima dela.
A cobra é um trem
ela passa tristeza
ela tem a tristeza do rio.
Onde essa baleia trabalha?
Vaca tem cabelo?
Essa formiga não pica
porque não tem unha.
Sabia que pássaro parece gente?
Porque lá embaixo ele tem pé.
O céu é um país de pássaros.
Todo país tem céu
e se tiver um país sem céu
como a gente chega lá?
Vamos desenhar palavras escritas?
O peixe chama linguado
porque a gente come com a língua.
O jabuti acabou com toda a jabuticaba.
O prego é um perigo.
A pinta na palma
da mão, uma pintura.
Que tal abrir a outra pétala da janela?
Não tá frio não, tá sábado.

Tomada serve pra prender a luz.
Essa luz piscou, que estranho,
será que essa luz tem olho?
O que tem no seu olho?
Lá dentro?
É uma estrela e ela gira igual
ao redemoinho da banheira.
No mar tem ralo?
Imagina um infinito que nunca existiu.
Você vai crescer, crescer,
até ficar bem pequenininha.
Quero que você me explique
por que a gente chora
quando não quer que as coisas vão embora.

Dois balões

fazem sua
alegria.

Nada — nada
faz a minha.

Dois balões

um roxo
um amarelo

uma cartela
de adesivos

e três dragões
temporários

fazem sua
alegria.

Nada — nada
faz a minha.

E num gigante, cabe?
Não, nem no gigante.

Sai pela cabeça dele?
Sai pela cabeça dele.

E nessa casa, cabe?
Não cabe.

Sai pela janela?
Sai pela janela.

E no jardim?
O jardim é infinito ou acaba?

Acaba.
Então não cabe.

E se a gente deitar o infinito no jardim?

Repare onde é mais preto
o rejunte do azulejo
no fungo que cresce
por dentro do espelho

Como caminha a formiga
entre os caquinhos do piso
no fundo do muro de pedra
onde a lagartixa faz esconderijo

Alguma coisa
cintila no chão
da manhã é outono.

Cintila triângulo
sobre o cimento
queimado, craquelado.

Cintila como os triângulos
que minha avó buscava
na palma

da minha mão.
Quanto mais triângulos,
dizia, maior a espiritualidade.

Era sua a mão mais
encarquilhada como esse
piso grisalho.

A mão mais cheia de
triângulos
e espiritualidade.

Sua alma é velha,
dizia, e longa
a linha da sua vida.

Com o carvão preencher
a página de sonho e víscera

Depois com a ponta dos dedos
um pano ou uma borracha
inaugurar o contraste
e todas as coisas

Repetir o processo muitas vezes:
recobrir a luz de sombra
investi-la de razão

De um lado cata-vento
do outro folha seca
de embaúba meu
medo esfera perfeita
ou buraco negro?

Aranha, o mundo todo
converge a seu favor.

Deitada no ombro
do meu pai tento
extrair das letras emboladas
de um romance alguma
mancha de sentido
antes que ele vire
outra vez
a página

Com ímãs de geladeira
ele construiu a frase
     chuva dentro do meu sonho
ficou muito tempo
lá na geladeira
     chuva dentro do meu sonho

anos depois recebi um postal
com um quadro do Miró

Photo
     uma mancha azul no canto:
      ceci est la couleur
       de mes rêves

esta é a cor dos meus sonhos

ni le rê ve
ni le ré el
   diz o outro quadro que levo comigo
   as sílabas distribuídas em ondas
   douradas sobre um fundo branco

nem de va ne io
nem de ver da de

Venha, menina
afunde os olhos neste livro.
É de imagens que a história se faz.

Tirei uma a uma as formigas vermelhas
que estavam presas no seu cabelo
translúcidas formigas como os fios loiros
do seu cabelo
sem te acordar.

Já tirei os bichos todos da sua cabeça
meus medos não são seus.

Afunde no sono, no sono é só.
Não te deixo cair na água.
Não deixo.

Copyright © 2023 Sofia Mariutti

Todos os direitos reservados. Nenhuma parte desta obra pode ser reproduzida, arquivada ou transmitida de nenhuma forma ou por nenhum meio sem a permissão expressa e por escrito da Editora Fósforo e da Luna Parque Edições.

EQUIPE DE PRODUÇÃO
Ana Luiza Greco, Cristiane Alves Avelar, Fernanda Diamant, Julia Monteiro, Juliana de A. Rodrigues, Leonardo Gandolfi, Marília Garcia, Millena Machado, Rita Mattar, Rodrigo Sampaio, Zilmara Pimentel
REVISÃO Eduardo Russo
PROJETO GRÁFICO Alles Blau
EDITORAÇÃO ELETRÔNICA Página Viva

Dados Internacionais de Catalogação na Publicação (CIP)
(Câmara Brasileira do Livro, SP, Brasil)

Mariutti, Sofia
 Abrir a boca da cobra / Sofia Mariutti. — São Paulo : Círculo de poemas, 2023.

 ISBN: 978-65-84574-53-3

 1. Poesia brasileira I. Título.

23-175659   CDD — B869.1

Índice para catálogo sistemático:
1. Poesia : Literatura brasileira   B869.1

Cibele Maria Dias — Bibliotecária — CRB-8/9427

CÍRCULO *Luna Parque*
DE POEMAS *Fósforo*

circulodepoemas.com.br
lunaparque.com.br
fosforoeditora.com.br

Editora Fósforo
Rua 24 de Maio, 270/276, 10º andar
01041-001 — São Paulo/SP — Brasil

CÍRCULO *Luna Parque*
DE POEMAS *Fósforo*

LIVROS

1. **Dia garimpo.** Julieta Barbara.
2. **Poemas reunidos.** Miriam Alves.
3. **Dança para cavalos.** Ana Estaregui.
4. **História(s) do cinema.** Jean-Luc Godard (trad. Zéfere).
5. **A água é uma máquina do tempo.** Aline Motta.
6. **Ondula, savana branca.** Ruy Duarte de Carvalho.
7. **rio pequeno. floresta.**
8. **Poema de amor pós-colonial.** Natalie Diaz (trad. Rubens Akira Kuana).
9. **Labor de sondar [1977-2022].** Lu Menezes.
10. **O fato e a coisa.** Torquato Neto.
11. **Garotas em tempos suspensos.** Tamara Kamenszain (trad. Paloma Vidal).
12. **A previsão do tempo para navios.** Rob Packer.
13. **PRETOVÍRGULA.** Lucas Litrento.
14. **A morte também aprecia o jazz.** Edimilson de Almeida Pereira.
15. **Holograma.** Mariana Godoy.
16. **A tradição.** Jericho Brown (trad. Stephanie Borges).
17. **Sequências.** Júlio Castañon Guimarães.
18. **Uma volta pela lagoa.** Juliana Krapp.
19. **Tradução da estrada.** Laura Wittner (trad. Estela Rosa e Luciana di Leone).
20. **Paterson.** William Carlos Williams (trad. Ricardo Rizzo).
21. **Poesia reunida.** Donizete Galvão.
22. **Ellis Island.** Georges Perec (trad. Vinícius Carneiro e Mathilde Moaty).
23. **A costureira descuidada.** Tjawangwa Dema (trad. floresta).

PLAQUETES

1. **Macala.** Luciany Aparecida.
2. **As três Marias no túmulo de Jan Van Eyck.** Marcelo Ariel.
3. **Brincadeira de correr.** Marcella Faria.
4. **Robert Cornelius, fabricante de lâmpadas, vê alguém.** Carlos Augusto Lima.
5. **Diquixi.** Edimilson de Almeida Pereira.
6. **Goya, a linha de sutura.** Vilma Arêas.
7. **Rastros.** Prisca Agustoni.
8. **A viva.** Marcos Siscar.
9. **O pai do artista.** Daniel Arelli.
10. **A vida dos espectros.** Franklin Alves Dassie.
11. **Grumixamas e jaboticabas.** Viviane Nogueira.
12. **Rir até os ossos.** Eduardo Jorge.
13. **São Sebastião das Três Orelhas.** Fabrício Corsaletti.
14. **Takimadalar, as ilhas invisíveis.** Socorro Acioli.
15. **Braxília não-lugar.** Nicolas Behr.
16. **Brasil, uma trégua.** Regina Azevedo.
17. **O mapa de casa.** Jorge Augusto.
18. **Era uma vez no Atlântico Norte.** Cesare Rodrigues.
19. **De uma a outra ilha.** Ana Martins Marques.
20. **O mapa do céu na terra.** Carla Miguelote.
21. **A ilha das afeições.** Patrícia Lino.
22. **Sal de fruta.** Bruna Beber.
23. **Arô Boboi!** Miriam Alves.

Você já é assinante do Círculo de poemas?

Escolha sua assinatura e receba todo mês em casa nossas caixinhas contendo 1 livro e 1 plaquete.

Visite nosso site e saiba mais:
www.circulodepoemas.com.br

CÍRCULO *Luna Parque*
DE POEMAS *Fósforo*

Este livro foi composto em GT Alpina e GT Flexa e impresso pela gráfica Ipsis em outubro de 2023. Venha, menina, afunde os olhos neste livro. É de imagens que a história se faz.

FSC
www.fsc.org
MISTO
Papel | Apoiando o manejo florestal responsável
FSC® C011095

A marca FSC® é a garantia de que a madeira utilizada na fabricação do papel deste livro provém de florestas gerenciadas de maneira ambientalmente correta, socialmente justa e economicamente viável e de outras fontes de origem controlada.

ipsis